Para Louane, que ahuyenta a los monstruos, lobos,
dinosaurios... ¡a las malvadas brujas!
      CL

¡A mis pequeños sobrinos brujos que precisamente
me ayudaron cuando hice este álbum!
      RG

Dentro de la misma colección:

¿CÓMO MACHACAR MONSTRUOS?

Titulo original: Comment ratatiner les sorcières?

©2009, Éditions Glénat, por Catherine Leblanc y Roland Garrigue

©2015. De esta edición. Editorial Edaf. S. L. U. por acuerdo con Éditions Glénat, 37 rue Servan, 38000 Grenoble
    Jorge Juan, 68. 28009 Madrid
    www.edaf.net
    edaf@edaf.net

© De la traducción: Carlota Fossati Pineda

Maquetación: Diseño y Control Gráfico, S. L.

Depósito legal: M-13422-2015

ISBN: 978-84-414-3532-2

Imprime Cofás

¿Cómo Machacar BRujas?

Catherine
LEBLANC

Roland
GARRIGUE

edaf EG

¿Cómo machacar a las brujas que se ven venir?

Tienen los dedos ganchudos, una espalda jorobada,
la voz chirriante como una reja oxidada, grandes
túnicas negras y un sombrero puntiagudo...
¡Pero mucho menos que su nariz! ¡Turlututu!

¡No hay duda, son brujas!

¡Avísalas de que las has reconocido
y que no te dejarás vencer!

Un poco de pimienta en la nariz
las hará retroceder...

Las brujas vuelan en sus escobas riéndose...

Coge la aspiradora...
¡Súbete rápidamente encima y arranca a toda prisa!
¡Jamás conseguirán alcanzarte!

¿Cómo machacar a las brujas astutas?

Te ofrecerán una manzana envenenada...

¡Ni se te ocurra morderla!
Conviértela en compota para los gusanos...

Te abrirán una jaula dorada
y te invitarán a que entres para
poder encerrarte bajo llave
para toda la eternidad...

Demuéstrales que tienes buenos
modales: ¡déjalas pasar primero!

¿Cómo machacar a las terribles brujas que echan maleficios?

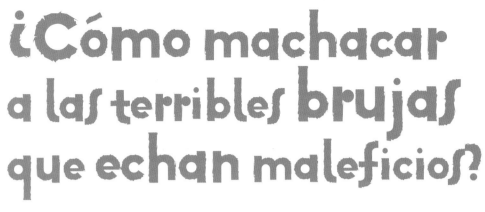

Las más terribles quieren llevarte muy lejos,
a lo más profundo del bosque...

Avanzan dando zancadas, sus sombras
se posan sobre ti...

¡Pero aún puedes escaparte de ellas:
suelta un ratón a sus pies!

Huirán corriendo, levantándose
los faldones lanzando grititos...
¡Ji! ¡Ji!

Las brujas viven con arañas, cuervos, murciélagos, y gatos martillo.
¡No te fíes!

Les encantará convertirte en loro para que su zoo esté completo.

Finge ser tonto...
Obedece sus órdenes, pero cuélate a escondidas
en su biblioteca: abre sus libros de hechizos, apréndetelos
y transfórmalos en un sapo, una víbora o en una vieja lechuza.

Si aún no sabes leer, corta las páginas
y mezcla todas las palabras:
se enmarañarán en sus fórmulas
y se volverán minúsculas...

¿Cómo machacar a las brujas disfrazadas de princesa?

Lo peor es que las brujas
no siempre son feas y sombrías:
¡Para tenderte una trampa aparentarán
ser preciosas y encantadoras!

Pero su disfraz no se mantendrá mucho tiempo:
niégate a acudir cuando te llamen, de decirles
lo hermosas que son y obsérvalas bien...

Verás aparecer sus ojos del tamaño de la cabeza de un alfiler,
su sonrisa-mueca y sus anillos de calaveras...

¡Sabrás quiénes son en realidad
y nunca más te podrán embaucar!

Las brujas detestan a los niños, absolutamente
a todos, ¡y sueñan con cocinarlos!
Aunque te digan que eres el más guapo,
que te adoran y te cubran de regalos
y de monedas de oro, lo hacen
para cocerte al fuego fuerte.

¡Sálvate antes de que saquen el caldero!

Para impedir que repitan su diabólica canción,
prepárales una receta de tu imaginación:
ortigas, babosas, y veneno de calabaza
en sacacorchos las transformarán.

¿Cómo eliminar a las brujas que montan un barullo?

Por la noche,
estas van al baile de las brujas
y bailan todas juntas haciendo
un ruido de locos.

No tengas miedo, ya no te hacen caso...
¡Aprovecha tú también para divertirte con tus amigos!
¡Tira sus pociones, corta sus capas negras
y lanza al fuego sus escobas
y sus libros de hechizos!

Las brujas verán de repente fuegos artificiales,
¡pero no podrán lanzar más maldiciones!
¡Se quedarán como tontas sin sus varitas,
y huirán disgustadas, sin ganas de retomar la fiesta!

Si te encuentras con una bruja
en el armario de las escobas,
¡cierra rápidamente la puerta!

Y si sigues viendo una escondida en esta imagen: ¡cierra el libro sin pensártelo!

¡Quedará aplastada, clac,
de un golpe!
¡Apelmazada entre
las páginas!